roman

LES VENTS

Titre original : *Los vientos*, © Mario Vargas Llosa, 2020.
Photo de couverture : © Morgana Vargas Llosa.

55 rue Pierre Charron — 75008 Paris
lherne@lherne.com
www.lherne.com

Mario Vargas Llosa
de l'Académie française

LES VENTS

Traduction de l'espagnol par
Albert Bensoussan

L'Herne

Je me suis rendu à la séance de clôture du Cine Ideal, place Jacinto Benavente et, alors qu'elle commençait, il m'est venu un de ces vents intempestifs qui maintenant me prennent à tout instant. Mais autour de moi personne ne l'a remarqué. J'ai regretté de m'être déplacé car nous étions à peine quatre chats, et presque tous des loques humaines comme moi. Aucun jeune Madrilène ne s'inquiète de voir disparaître les dernières salles de cinéma de Madrid ; ils n'y mettaient jamais les pieds, habitués dès l'enfance à regarder des films téléchargés – si l'on peut appeler films ces images qui divertissent les nouvelles générations – sur l'écran de leurs ordinateurs, tablettes et smartphones.

Osorio, jouant les optimistes, dit que maintenant que les cinémas ont disparu je devrai m'habituer à voir des films sur petit écran. Mais je n'en ferai rien ; en cela aussi je resterai fidèle à mes vieilles amours. J'ai trop vécu pour m'offusquer qu'on me traite de fossile, de rétrograde ou, comme m'appelle Osorio en faisant le dégoûté, de « conservateur invétéré ». Je le suis et le resterai tant que mon corps tiendra le coup (pas pour très longtemps, je crains, soit dit en passant). Et vlan, un autre vent ; mais personne ne l'a remarqué non plus, à en juger par l'indifférence des visages qui m'entourent.

Osorio doit être le dernier ami qui me reste. Nous nous appelons tous les jours, pour savoir si nous sommes toujours vivants. « Bonjour. Comment vas-tu ? Toujours debout ? » « Apparemment oui, du moins il me semble. » « On se voit plus tard, pour le petit café ? » « Affirmatif. » Je ne sais pas depuis combien de temps nous nous connaissons, sûrement pas depuis tout jeunes. Cette passoire qu'est ma mémoire me dit que cela fait, sans doute, vingt ou trente ans. Je sais que j'étais journaliste dans ma jeunesse ; Osorio dit qu'il a enseigné la philosophie au lycée, mais je ne suis aucunement certain qu'il ait été professeur, et encore moins de philosophie, parce qu'il n'y entend goutte. Par exemple, il n'a jamais lu Pascal, qui, à moi me plaît beaucoup. Peut-être a-t-il oublié ce qu'il a fait dans la vie, car il a la mémoire aussi trouée que moi : il essaie de me tromper et de se tromper en s'inventant un passé. Il en a bien le droit, d'ailleurs. Nous sommes convenus de nous appeler chaque matin pour savoir si l'un de nous, dans son sommeil, a pris congé de ce monde, et avertir les autorités afin de nous faire incinérer et qu'on disparaisse.

« Les dernières salles obscures ont fermé, mais on a ouvert une nouvelle librairie », me dit Osorio pour me remonter le moral après la triste séance d'adieu du Cine Ideal. « Il y en a maintenant quatre à Madrid. Pas de quoi te plaindre. Quatre librairies ! Plus qu'à Paris et à Londres, je t'assure, tu peux me croire ! Quel luxe ! »

Un bobard de plus, né de l'optimisme pathologique d'Osorio. Ce qu'il appelle « librairie » n'est qu'un simulacre, un de ces feux de joie qui éclatent la nuit pour s'éteindre aussitôt. La prétendue librairie – hier ou avant-hier on est allés la voir – était la bibliothèque d'un vieux chnoque de Malasaña qui a mis en vente son stock de bouquins avant de partir dans l'autre monde, une collection hétéroclite de livres en mauvais état que la poignée de personnes présentes, quand Osorio et moi sommes entrés y jeter un œil, feuilletait et tripotait avant de les reposer sur les étagères poussiéreuses. J'ai juste acheté un opuscule d'Azorín que je ne connaissais pas, un recueil d'articles sur la littérature argentine, *Martín Fierro* en tête, qui m'a coûté quelques centimes. Et, bien sûr, dans la librairie du vioque j'ai lâché un vent que je n'ai pu retenir. Personne n'y a prêté attention, sauf Osorio bien sûr, sourire luciférien aux lèvres et narines frémissantes, dégoûté.

Je n'ai trouvé aucun de ces bons vieux romans qui me plaisent maintenant. Depuis que c'est la mode de lire sur écran des romans téléchargés, j'ai renoncé à ceux que l'on produit – dire « écrit » serait ridicule – de nos jours. Quand on a inventé ce système, c'était comme un passe-temps de plus, tel qu'il en fleurit chaque jour pour connaître une vogue passagère. Qui pouvait prendre au sérieux un roman fabriqué par un ordinateur suivant les instructions du client ? « Je voudrais une histoire qui se passe au XIXe siècle, avec duels, amours tragiques, sexe à gogo, un nain, une petite chienne Cavalier King Charles et un curé pédéraste. » Tout comme on commande un hamburger ou un hot-dog, avec de la moutarde et plein de sauce tomate. Mais la mode a pris, elle est à demeure, et maintenant les gens – les rares lecteurs – ne lisent que les romans qu'ils commandent à leurs squelettes de métal ou de plastique. On ne peut plus parler de romanciers, ou disons alors que nous sommes tous devenus romanciers. Mais cela aussi est faux. Sur notre planète le seul romancier vivant et guilleret est l'ordinateur. C'est pourquoi, attachés que nous sommes à la tradition, aux vrais romans, ceux de Cervantès, Tolstoï, Virginia Woolf ou Faulkner, nous n'avons d'autre solution, au mépris des vivants, que de lire les romanciers morts.

Cette fausse librairie de Malasaña durera tant qu'on n'aura pas liquidé les vieilleries entassées sur ses rayons, sous la menace de l'État qui réquisitionne les imprimés de toute sorte afin de les incinérer et d'éliminer ces prétendues bactéries nocives pour la santé dont les militants de l'odieuse campagne *Paper free society !* nous bassinent depuis si longtemps. Il va de soi que je ne les crois pas, en dépit de leur flopée de scientifiques, y compris quelque Nobel, qui prétendent prouver, après maintes expériences de laboratoire, que la combinaison du papier et de l'encre imprimée est aussi nocive que le tabac et le papier au temps où les cigarettes tuaient encore du cancer de la gorge et des poumons des générations de fumeurs. C'est là, je crois, une nouvelle mode, une façon de se distraire dans la plus grande oisiveté. Je crains qu'ils ne finissent par gagner et qu'à l'instar de Singapour, la première ville *paper free* du monde, l'Espagne aussi et l'Europe tout entière finissent par carboniser livres, bibliothèques, hémérothèques publiques et privées.

« Que t'importe qu'on les brûle », me dit Osorio, défendant toujours ce qu'il croit être l'avant-garde politique de notre temps, « si tous ces livres, revues et journaux sont déjà digitalisés et que tu peux les consulter chez toi commodément, de façon aseptisée. » D'une part, je n'ai pour l'instant pas de « maison », mais une minuscule chambre avec toilettes et, deuxio, mon ordinateur est presque aussi petit qu'un livre d'autrefois. Son argument ne s'applique donc pas à moi. De plus, croit-il vraiment ce qu'il me dit ? C'est juste pour me faire maronner. Il est vrai que l'on s'ennuierait ferme autrement.

Osorio affirme que, pour sa part, il n'éprouve aucune nostalgie de ces temps reculés où beaucoup, comme moi, allaient lire dans les bibliothèques. Moi, c'est l'inverse. J'aimais l'atmosphère tranquille, un peu monacale, de la Bibliothèque nationale du Paseo de Recoletos, le silence religieux de ses salles de lecture, la complicité secrète des lecteurs à leur écritoire, sous la clarté azurée des lanternes. Quand la Bibliothèque nationale d'Espagne a fermé ses portes il y a eu une manifestation, mais, contrairement à celle d'aujourd'hui, il y avait foule. La tristesse de voir disparaître cette institution semblait partagée par l'assistance, et je jure avoir vu des larmes aux yeux de certains. À Madrid, cet adieu était pacifique. Mais pas à Paris où la fermeture de la Bibliothèque nationale a entraîné de la violence, des incendies, et même, je crois, des morts et des blessés.

Il est vrai que tout le fonds de cette grande bâtisse de Recoletos est maintenant digitalisé, accessible sur n'importe quel écran. Mais pour des gens comme moi, d'une autre époque, la vie sans librairies, sans bibliothèques et sans cinémas est une vie sans âme. Si c'est cela le progrès, qu'ils se le gardent et aillent au diable.

« Tu es un ptérodactyle, un dinosaure, un antédiluvien », me dit Osorio. Pas impossible qu'il ait raison.

Que je sache, Osorio n'a jamais eu de famille. Certes, il a bien eu père et mère, mais il ne s'en souvient pas, ni s'il avait des frères et sœurs, et il assure qu'il n'a jamais été marié. Pour ma part, je me rappelle à peine mes parents, avec qui, il me semble, je ne me suis jamais bien entendu, et je ne sais si j'ai eu ou pas des frères et sœurs ; en tout cas ça m'est sorti de la tête. Mais, en revanche, Carmencita, qui fut ma femme pendant des années, je m'en souviens très bien. Sauf qu'avec Osorio je n'en parle jamais. Et c'est incroyable, chaque soir, depuis que j'ai été assez fou pour l'abandonner, je pense à elle et suis envahi de remords. Je crois que je n'ai fait qu'une seule chose de mal dans ma vie : abandonner Carmencita pour une femme qui n'en valait pas la peine. Elle ne me l'a jamais pardonné, bien sûr, et je n'ai jamais pu me rabibocher. Pour comble, Carmencita a épousé Roberto Sanabria, mon meilleur ami jusqu'alors. C'est le seul épisode de mon lointain passé que ma mémoire n'a pas oublié et il me tourmente encore. Toutes les nuits, avant de dormir, je songe à Carmencita et lui demande pardon. Elle ne le sait pas, évidemment, à moins qu'il y ait une autre vie après celle-ci et que les morts se distraient en nous épiant, nous les vivants. Jamais plus je ne l'ai revue, et c'est au bout de nombreuses années que j'ai appris l'accident où elle avait perdu la vie. J'ai déjà oublié le nom de cette femme pour laquelle j'ai quitté Carmencita ; cela me reviendra, sans doute, mais alors cela n'aura plus aucune importance. Je ne l'ai jamais aimée. C'était une toquade violente et passagère, une de ces folies qui brisent une vie. À cause de ce que j'ai fait, ma vie a volé en éclats et je n'ai plus jamais été heureux.

Il n'est pas vrai que je sois un ptérodactyle. Je ne le suis pas à bien des égards, en tout cas. Je reconnais que, sur certains points, le monde d'aujourd'hui est meilleur que celui de ma jeunesse. Il y a moins de pauvreté qu'avant, par exemple, et ça, c'est formidable. Les statistiques disent que les classes moyennes représentent quatre-vingts pour cent de l'humanité. Une grande réussite, sans doute, espérons que cela soit vrai. Mais qu'il reste encore un cinquième ou un sixième de pauvres et de nécessiteux, cela veut dire que nous sommes encore loin d'avoir éradiqué la misère de cette planète. Vaincre le cancer et le sida semblait impossible et la science y est parvenue. Sans aller plus loin, j'ai survécu à un cancer du sang. On n'imaginait pas non plus qu'il serait si courant que les gens arrivent à vivre cent ans, et pourtant nous sommes là, un bon nombre de bipèdes, pour démontrer que ce n'était pas irréalisable. Et surtout qu'hommes et femmes puissent durer autant en conservant leur lucidité et en jouissant de la vie, y compris sexuellement. Je ne parle pas de moi, certes, mais beaucoup de gens qui doivent avoir plus ou moins mon âge sont encore capables de faire l'amour, bien que je ne sois plus de la partie. Quant à la liberté, je crois, aujourd'hui – je peux avoir changé d'opinion demain – qu'elle a totalement disparu de nos vies. C'est un motif de discussions permanentes avec Osorio. Lui croit – du moins le dit-il – que nous sommes plus libres que jamais et il se scandalise quand je soutiens que ce monde est un monde d'esclaves satisfaits et soumis. Il est vrai, néanmoins, que lorsqu'il est de mauvaise humeur, il me donne raison.

Je pensais à tout cela – Osorio, les cinémas disparus, les jeunes avec leurs ordinateurs portables – quand j'ai senti quelque chose me parcourir tout le corps, comme un frisson. C'était une sensation étrange. Je me suis tâté en douce et j'ai eu l'impression qu'il ne m'était rien arrivé, ni dans la tête ni ailleurs. C'était quoi, alors ? Et pour la première fois, dans une angoisse croissante, j'ai compris exactement ce qui m'était arrivé : je ne savais plus comment rentrer chez moi. J'avais oublié l'adresse. J'avais pensé maintes fois à la noter sur un petit papier que j'aurais gardé sur moi dans toutes mes sorties, mais je ne l'ai jamais fait. Maintenant il m'arrivait quelque chose de pire : j'avais oublié aussi quelles rues prendre pour retourner chez moi, je veux dire à ma chambre de bonne avec toilettes. J'ai regardé anxieusement autour de moi ; les gens qui étaient accourus à la manifestation de protestation contre la fermeture du Cine Ideal s'étaient déjà retirés. Osorio était parti parmi les premiers, prétextant qu'il devait porter des papiers à je ne sais quel ministère. J'étais donc seul dans ce petit coin de la Plaza Benavente, bien qu'entouré de gens, d'autos, de bus et de camions. Je n'avais aucune notion de la direction à prendre. Depuis pas mal de temps je lâchais des vents, comme à chaque fois que je suis nerveux. Discrètement, comme si le trouble dont j'étais pris serait remarqué par les rares personnes qui passaient, je me suis approché de l'angle de rue et j'ai attentivement examiné la plaque en haut du mur : Plaza Jacinto Benavente. Cela ne me disait rien, évidemment, mais je savais qu'en me creusant la tête ce nom se révélerait peu à peu à moi, s'éclairant comme un foyer lumineux. Toujours en catimini, j'ai fait le tour de la place, scrutant le nom des rues. J'ai senti seulement un petit frémissement quand j'ai lu Plaza del Ángel, un nom qui, j'en étais sûr, me disait quelque chose, sans trop savoir quoi. Finalement, quand j'ai fait le tour complet, je me suis assis sur un banc, en essayant de me calmer. J'étais épouvanté. Ça ne m'était jamais arrivé une chose pareille. Et par malheur, mon ami m'avait planté là, seul, oublié – comment s'appelait mon ami ? Ah oui, Osorio –, j'oublie même mon propre nom, parfois ; j'essaie de me le rappeler et je lâche des vents, l'enfoiré ! Ce que ça doit sentir autour de moi ! C'est quelque chose que j'ai perdu depuis longtemps, l'odorat. Mieux vaut me mettre à marcher, peut-être que de bouger ça fera remonter les souvenirs. Oui, oui, ils vont revenir au fur et à mesure que je vais changer d'endroit et retrouver mon calme.

J'ai emprunté une rue appelée Carretas, qui était en pente. J'avais l'impression, presque la certitude, que ma maison n'était pas loin. Je n'avais pas beaucoup marché ce matin en venant jusqu'au lieu de la manifestation. Une demi-heure tout au plus, peut-être seulement quinze ou vingt minutes. Autrement dit, pas des masses. J'avançais très lentement pour ne pas trébucher et tomber. Ce faisant, je me souvenais des choses et des gens, l'adresse de ma maison allait alors sûrement me revenir. Petit à petit reviendraient à mon esprit les rues qui me séparaient de ma petite chambre pleine de livres et de papiers. Et avec des toilettes où tous les jours je faisais pipi-caca, me rasais, me douchais, coiffais mes rares cheveux, avant d'aller me promener et siroter un café en bavardant avec Osorio.

Pourtant, je ne reconnaissais rien ni personne, et encore moins les rues où je m'arrêtais pour lire les noms à tous les coins. Un autre vent, bien plus long et sonore. Pourquoi en avais-je tant ? Ça m'arrive toujours quand je suis anxieux. Dès que je me rappellerai mon adresse, ça se calmera. Me voilà arrivé enfin à une place : la Puerta del Sol. Avec toute cette foule et tant de plaques de rues, plus une horloge, des drapeaux, des policiers, des bouches de métro, cet endroit devait être important. Mais je ne reconnaissais rien. Et à qui m'adresser ? Qu'est-ce que je pouvais demander ? Je n'avais pas mes papiers sur moi. Confus comme je l'étais, on appellerait la police, probablement, et elle me conduirait au poste. Le temps de vérifier mon identité et mon domicile, ils me flanqueraient en cellule. Je n'étais pas certain d'en sortir vivant. J'ai senti un nouveau frisson qui m'a fait trembler de la tête aux pieds. Mieux valait m'arrêter pour souffler un peu et reprendre ensuite, peut-être que le fait de bouger me ramènera la mémoire et je retrouverai au moins la rue de ma maison. Je sais qu'il faut monter un grand escalier et plusieurs paliers, ça oui je m'en souvenais.

Comme sur la Puerta del Sol il n'y avait pas de bancs, je m'étais assis, près d'un groupe de jeunes des deux sexes, sur le rebord d'une fontaine. On recevait de temps en temps des gouttelettes sur la tête et les épaules. Je me sentais un peu fatigué, mais mon esprit restait très actif tâchant de me rappeler l'adresse de ma maison. Une fois de plus j'ai parcouru la place du regard. Étais-je passé par ici ? Sûr, mais je n'en avais pas souvenir. Était-ce la première fois que j'avais une perte de mémoire aussi grave ? Sans doute, mais comment me le rappeler ?

J'ai vu les filles et les garçons, mes voisins de fontaine, se lever en se bouchant le nez avec des regards réprobateurs. « J'ai lâché un vent », me suis-je dit. Et sans même m'en apercevoir. Depuis combien de temps avais-je perdu l'odorat ? Plusieurs années. Je me suis levé à mon tour. Mon dos me faisait un peu mal. J'ai fait tout le tour de la Puerta del Sol, en marchant lentement. J'avais vaguement l'impression d'être passé ici ce matin, sans tous ces gens, mais quelle rue prendre pour rentrer à la maison ? Ma mémoire restait muette. De la Puerta del Sol partaient plusieurs rues, dans toutes les directions de Madrid. Le soleil était très haut dans le ciel et il devait être midi passé.

Il est vrai que tout le fonds de la bâtisse de Recoletos se trouve maintenant digitalisé, à la portée de n'importe quel écran. Mais pour moi, né à une autre époque, la vie sans bibliothèques est une vie morte. Et à cet instant même – j'avais alors fait, toujours à petits pas, le tour de la Puerta del Sol – j'ai eu la certitude que la Calle del Arenal, que j'avais en face, me mènerait chez moi. Mon cœur battait très fort dans ma poitrine. Oui, ce matin j'avais parcouru cette rue. Oui, elle allait me conduire à ma chambre de bonne.

Par ailleurs, je ne suis pas, à proprement parler, un antédiluvien. Je reconnais qu'à bien des égards le monde d'aujourd'hui est meilleur que celui de ma jeunesse. Il y a moins de pauvreté qu'avant, par exemple, et ça c'est formidable. Une belle réussite, si tant est qu'elle soit réelle. Mais qu'il reste encore une cinquième ou une sixième partie de malheureux pauvres sur la planète, cela veut dire que nous sommes encore loin d'avoir éradiqué la misère. Qu'il y ait maintenant des pays africains pour disputer à ceux du premier monde la modernité et le développement, comme l'Afrique du Sud, voilà qui est incroyable. Vaincre le cancer et le sida semblait quelque chose d'impossible et on y est parvenu. Tout comme ce qu'on appelle le myélome, qui m'a fait perdre près de vingt kilos et me revient par moments, car le myélome est une maladie des plus étranges, dont on ignore l'origine ou la durée, et qui ne tue pas toujours les patients, mais sans jamais tout à fait disparaître. (Moi, cela fait près de deux ans que ce cancer du sang ne m'est pas reparu.) On n'imaginait pas non plus qu'il soit si courant d'arriver à vivre si longtemps, alors que nous sommes de nombreux bipèdes centenaires prouvant que ce n'est pas illusoire. Et surtout que nous puissions, hommes et femmes, durer autant en conservant notre lucidité – il n'en est pas ainsi, hélas ! de la mémoire – et jouissant de la vie. (La dernière fois que j'ai fait l'amour sans soutien chimique, il me semble, cela remonte à près de dix ans, je crois, par là.)

Mais malgré tant de progrès, on n'a pu venir à bout des guerres, ni des accidents nucléaires, ce qui veut dire que, pour très avancé que soit le monde, à tout moment il pourrait disparaître. Les massacres entre Israéliens et Palestiniens sont là pour démontrer quotidiennement notre vocation autodestructrice. Et c'est curieux que le peuple juif, qui fut persécuté dans toute son histoire, soit devenu impérialiste et colonialiste, du moins avec les malheureux Palestiniens. L'accident nucléaire dans la ville de Lahore – un accident, peut-être dû à un acte terroriste, dont on n'a jamais réussi à déterminer l'origine – a causé plus d'un million de morts, et cela en quelques minutes. Malgré cela, un accord international pour désactiver les poudrières atomiques reste impossible. L'hypothèse qu'éclate une guerre à tout moment entre la Chine et l'Inde est une réalité que nul n'ignore, car apparemment chaque jour nous en rapproche. Les pessimistes croient que si la bombe explose, le cataclysme nucléaire désintégrera le globe entier. Osorio, bien sûr, n'est pas de cet avis. « En cas de guerre, seule l'Asie disparaîtra, crois-moi. Il y a là-dessus des études scientifiques et militaires. Nous autres, qui sommes très loin, nous survivrons, ne sois pas inquiet. Et après le désastre, le bon sens l'emportera peut-être et la paix régnera sur ce qui restera de la terre. Et le monde deviendra un musée, comme tu les aimes. » Il arrive à mon ami Osorio de lâcher de telles âneries seulement pour m'irriter. Et naturellement il y parvient.

J'avais déjà parcouru toute la Calle del Arenal et je me trouvais Plaza de Isabel II, devant le Teatro Real où l'on annonçait la saison avec cinq opéras de Verdi. Je me sentais très fatigué et nerveux, au point de lâcher en chemin une volée de vents, longs et sûrement odorants. Mes jambes tremblaient. Je me suis assis sur une des chaises solitaires de la Plaza de Isabel II, au cœur du vieux Madrid de la maison d'Autriche, dans l'espoir de rafraîchir ma mémoire et retrouver ma maisonnette qui devait être là dans ces parages. Elle me manquait.

Osorio doit être le dernier ami qui me reste. Je ne sais plus quand on s'est connus ; en tout cas, pas dans ma jeunesse. Ma mémoire embourbée me dit que cela fait seulement vingt ou trente ans, par là. Je sais que je fus jeune journaliste ; Osorio dit qu'il a enseigné la philo dans les lycées, mais je ne suis pas sûr du tout qu'il ait été professeur, et moins encore de philosophie, parce qu'il connaît fort peu le sujet. Il n'a jamais lu Pascal, par exemple, que j'ai beaucoup pratiqué à une époque, et grâce à Blaise, j'ai été sur le point de revenir au catholicisme de mon enfance. Osorio a peut-être oublié ce qu'il a fait dans sa vie, parce qu'il a une mémoire aussi trouée que la mienne, ou bien tâche-t-il de me tromper et de se tromper en s'inventant un passé. Il a parfaitement le droit de le faire, bien sûr. Notre accord c'est seulement de nous appeler tous les matins pour savoir si l'un de nous deux a dit adieu à ce monde et avertir la police pour nous faire disparaître dans le feu. Mais j'ai déjà dit ça, non ?

Une fois de plus j'ai fouillé dans mes poches, comme je l'ai déjà fait plusieurs fois ce matin, en croyant à présent mettre la main sur mon portable pour appeler Osorio et lui demander l'adresse de ma maison. Sauf que j'avais oublié ce machin, étant parti si vite à cette malheureuse manifestation contre la fermeture de la salle du Cine Ideal. Merde alors !

Que je sache, Osorio n'a jamais eu de famille. Des parents, certes, il doit en avoir, mais il ne se souvient pas d'eux, ni s'il a eu frères et sœurs, et il assure définitivement qu'il n'a jamais été marié. Moi, pour ma part, je me rappelle un peu mes parents, avec qui, je crois, je ne me suis jamais bien entendu, mais je ne sais si j'ai eu des frères et sœurs, je ne m'en souviens pas, ça s'est effacé de mon esprit. En revanche, je me rappelle fort bien Carmencita, ma femme pendant tant d'années. Sauf que je n'en parle jamais avec Osorio. Toutes les nuits, depuis que j'ai fait la folie de l'abandonner, je pense à elle et suis assailli de remords. Ah, je radote encore !

Je crois que je n'ai fait qu'une chose de mal dans la vie : abandonner Carmencita. Elle ne me l'a, certes, jamais pardonné ; je n'ai jamais pu me rabibocher ; pour comble, elle a épousé Sanabria, un bon ami d'enfance. C'est le seul épisode de mon lointain passé que ma mémoire n'a pas oublié, et il me tourmente encore, surtout la nuit. Ce n'était qu'un caprice de quéquette, pas un sentiment du cœur. De cette quéquette qui ne me sert plus à rien, si ce n'est à faire pipi. Pourquoi je continue à dire « quéquette », un mot que plus personne n'emploie ? La force de l'habitude, évidemment. Abandonner Carmencita est un épisode qui me tourmente encore. Je ne l'ai plus jamais revue et ce n'est que longtemps après que j'ai su qu'elle avait perdu la vie, renversée par une voiture. Je n'ai jamais pu me rappeler le nom de la femme pour qui j'avais abandonné Carmencita. De même que l'adresse de ma maison, qui m'est sortie de la tête au pire moment. Ça me reviendra, sans doute, quand j'en aurai le moins besoin. Ce petit vent était long, mais si discret que je l'ai à peine senti. Depuis combien de temps étais-je assis Plaza de Isabel II ? Un certain temps, une heure sans doute, peut-être deux. Je sentais mes jambes engourdies et j'ai pensé qu'une promenade me ferait du bien. J'étais totalement perdu, mais, en revanche, je me sentais plus tranquille maintenant. Il devait être midi passé et, sans en être certain, il m'a semblé me rappeler que je n'avais pas pris de petit-déjeuner ni de déjeuner, pas même bu un verre d'eau de toute la matinée. J'ai demandé quelle heure il était à un passant, qui m'a répondu « presque trois heures ».

Trois heures de l'après-midi ! Retrouverais-je, enfin, mon domicile ? Ou devrais-je aller à la police pour demander de l'aide ? Il faudrait présenter mes papiers, que je n'avais évidemment pas sur moi, et cela aboutirait à la confusion et une terrible perte de temps. J'étais arrivé à une grande place au bout de laquelle se trouvait un édifice que j'ai aussitôt identifié comme étant le Palais Royal. Était-ce la Plaza de Oriente ? Oui, c'était bien cela. Je me suis rappelé cet endroit et j'ai même pensé que, dans la nuit des temps, je me trouvais par là, quand je me baladais ou même courais sur le Paseo del Pintor Rosales qui, naturellement, était tout proche. En continuant dans cette direction, je verrais à main gauche le Parque del Oeste qui regorgeait la nuit de putes étrangères, surtout dominicaines et haïtiennes. J'ai reconnu alors, non loin d'où je me trouvais, une fontaine où les gens remplissaient des bouteilles ou buvaient. J'ai fait la queue et avalé quelques gorgées d'eau fraîche qui m'ont fait grand bien. Et j'ai couronné le tout d'un petit vent hâtif et discret qui n'a gêné personne.

Tout en marchant sur le Paseo del Pintor Rosales j'ai pensé que c'était une bonne chose que les musées n'aient pas encore disparu. Est-ce qu'on y viendrait aussi ? Leurs toiles et leurs sculptures n'étaient-elles pas déjà digitalisées ? C'est sans doute la raison pour laquelle si peu de gens les visitent. Même le Prado, qui naguère était toujours plein, surtout l'été. Nombreux sont ceux qui préfèrent maintenant voir les tableaux sur écran, comme Osorio. Comme si voir un Goya, un Vélasquez ou un Rembrandt original était pareil que d'en regarder l'image sur un ordinateur ! Ce qui est extraordinaire c'est que des critiques et des professeurs soutiennent pareille aberration : c'est préférable, disent-ils, non seulement pour le confort du spectateur, mais aussi parce que l'image digitale est plus précise, plus exacte que l'originale. D'après eux, l'objet artistique peut être contemplé sur écran minutieusement, lentement et en totalité, ce que la simple vue ne nous permet pas. Beaucoup de gens gobent ces bobards et les musées sont devenus orphelins. Il faut que je retourne au Prado un de ces jours, il y a si longtemps que je n'y suis pas allé. À cause de la défection des visiteurs, les budgets sont rognés et les musées ouvrent moins d'heures par jour, moins de jours par semaine et moins de semaines par année. On finira par les fermer par manque de public. Et un jour viendra où les scientifiques découvriront que le mélange de toile et d'huile est létal pour la santé, alors il faudra brûler toutes les peintures pour raison de santé publique. J'espère ne plus être là quand se produira cette tragédie. Ah ça, que je suis pessimiste aujourd'hui ! J'étais arrivé au Parque de Debod, où se trouvait le monument égyptien que je me rappelais vaguement, et comme il n'y avait pas de chaises et que j'étais fatigué, je me suis assis sur le gazon. Je sentais mon cœur battre fort dans ma poitrine et j'ai aussitôt pensé à l'infarctus. Mais au bout de quelques minutes je me suis calmé : c'était une fausse alerte.

Je ne m'étais pas encore levé. J'étais bien, là. Il n'y avait pas foule au Parque de Debod. Quelques rares touristes photographiaient le monument égyptien. Quelqu'un m'avait dit que c'est ici même, pendant la guerre civile, que se trouvait la caserne de la Montaña. Et que, lorsque Franco s'est soulevé, les militaires de cette caserne se sont aussi soulevés mais le peuple de Madrid est venu en masse, a ouvert les portes de la caserne et s'est livré à un grand massacre de soldats. Quelle époque, hein ! Maintenant rien ne bouge en Espagne, où il n'y aura plus de guerres civiles. Heureusement. Le « franquisme » actuel est d'une autre nature : sans caudillo ni partis extrémistes, sans exécutions sommaires ni tortures, tout est devenu scientifique, s'appuie sur la physique et les mathématiques, et, surtout, la domination absolue des écrans et des images sur la raison et les idées.

Je m'étais étendu sur le gazon et me sentais tranquille. J'allais faire, peut-être, une petite sieste et il se pourrait que, dans mon sommeil mon adresse se rappelle à moi.

Je pensais aux musées sérieux, pas aux galeries, qui n'étaient plus, du moins au sens esthétique, ce qu'elles avaient pu être parfois. Elles étaient devenues maintenant de petits cirques, moins intéressants que les grands cirques qui sont les seules institutions à avoir progressé jusqu'à se transformer en véritables spectacles artistiques. Voilà une chose que je reconnaissais depuis longtemps, bien qu'en secret. Je ne l'aurais jamais dit à Osorio, parce qu'il aurait sauté de joie en s'écriant : « Tu t'es vendu à la modernité ! » Je ne me suis vendu à rien du tout, ni n'ai fait aucune concession. Simplement je constate un fait objectif. Tandis que tout ce qui était artistique dans le passé, comme la danse, l'opéra, la peinture, la sculpture, la littérature, la musique classique et les humanités, s'est dégradé au point de disparaître ou, pire encore, de changer de nature, le cirque, naguère un divertissement pour enfants, ou adultes et vieux nostalgiques de leur enfance, et que personne n'aurait qualifié d'art un demi-siècle plus tôt, s'est refondé et enrichi, en atteignant des degrés de rigueur, d'élégance, d'audace et de perfection qui donnent à plusieurs de ses numéros la beauté d'une ancienne œuvre d'art. Bien sûr, le développement de la technologie a contribué en partie à cette conversion des cirques en spectacles artistiques de haut niveau. Les jeunes qui, avant, voulaient être architectes, puis cinéastes, puis chanteurs, puis chefs de restaurant ou footballeurs, rêvent maintenant d'être gens de cirque, trapézistes, clowns, équilibristes, magiciens. Comme les temps changent !

M'étais-je endormi ? J'étais sur le point de succomber, en tout cas. Je me sentais bien.

Il y avait une brise agréable ; ça oui, j'avais l'impression que les bébêtes me piquaient, surtout les fourmis. Mes boyaux me laissaient en paix. Je n'étais pas pris, à ma plus grande honte, de ces vents déplaisants…

Tiens, il y a quelques semaines – quelques mois ? – après avoir attendu longtemps, j'ai pu obtenir une place pour aller voir le célèbre Adonis Mantra. Prodigieux, ce magicien de Silésie faisait disparaître des gens du public aux yeux des spectateurs, les faisait entrer en lévitation, lui-même volait jusqu'au plafond de l'auditorium et, après une seconde où l'on éteignait toutes les lumières pour les rallumer aussitôt, il réapparaissait ligoté au fond d'une malle. Un truc invraisemblable, absolument génial !

Il en va de même des dessins animés. Et sans doute pour les mêmes raisons : les avancées technologiques. C'est curieux. Quand j'étais gosse, contrairement à mes copains d'école, le cirque ne me plaisait pas. Surtout le domptage des fauves, j'en avais si peur. J'y allais, avec mes parents, mais je n'en étais pas fou comme mes petits camarades. Et je raffolais encore moins des dessins animés. Quand ils parlaient du film qu'ils iraient voir, j'étais toujours contre l'idée de regarder Donald le Canard, Mickey la Souris, ou Popeye et la maigrichonne Olive. Tout cela m'assommait. Et pourtant ce sont aujourd'hui les seuls films de télé que je vois avec plaisir. C'est incroyable les effets qu'on peut produire. Les petites figures sautent des écrans, te regardent dans les yeux, s'assoient sur tes genoux, se cachent sous le canapé. Du moins, c'est tout comme. C'est peut-être vrai ce qu'on dit des vieux, qu'ils retombent en enfance. À mon âge, j'avais la lubie des cirques et des dessins animés, les deux seuls domaines où je reconnaissais que la culture – la culture ? – d'aujourd'hui avait surpassé celle d'hier.

De toute façon, il est regrettable qu'à une époque où il serait impossible qu'apparaissent un Cervantès, un Michel-Ange, un Beethoven, on ait à comparer à ces géants en originalité et en beauté que les saltimbanques des cirques et les guignols des dessins animés. Je suis injuste en pensant ainsi, parce qu'à dire vrai seules ces deux choses maintenant me donnent la même impression d'avoir atteint la plénitude absolue que de lire dans ma jeunesse *Guerre et paix* ou de voir pour la première fois *La naissance du printemps* au musée des Offices de Florence, et *La Joconde* au Louvre.

Je me sentais bien et dormais encore, étendu sur la pelouse du Parque de Debod. Je ne retrouve pas mon adresse et peu m'importe. Les prétendues galeries d'art, en revanche, me semblent des petits cirques avortés dans la plupart des cas. Ou des théâtres aux ridicules mascarades. La dernière fois que j'en ai visité une voici quelques mois (ou années ?), la galerie Marlborough, de Madrid, exposait sous le titre *Art pour la fantaisie et l'imagination* des peintures immatérielles du célèbre Emil Boshinsky. Pour l'heure, je ne sais pas pourquoi cet arnaqueur est si célèbre. On pouvait voir ses horreurs sur de grands écrans. Arborant des titres assez tape-à-l'œil tels que *Tiburce, maître des tempêtes* ou

Le capuchon du moine Romualdo. C'étaient des feux d'artifice, comme les figures des kaléidoscopes, ces petites boîtes qui montrent des verres de couleur en mouvement, avec lesquelles on essayait de distraire les enfants quand j'en étais encore un.

À ce propos, plus personne ne sait ce que sont les kaléidoscopes, les enfants ne jouent plus avec ces jouets, certes ; maintenant, dès leur naissance, ils manipulent des ordinateurs. J'en discutais l'autre jour avec Osorio, car il me jurait n'avoir jamais connu ces tubes avec des tessons colorés qui, en les bougeant, changent de figure. C'était amusant et mignon et je crois bien que je passais des heures à tourner le poignet de ma main droite pour faire danser les images. Il me semble du moins, peut-être est-ce un faux souvenir.

La grâce de l'exposition d'Emil Boshinsky réside dans ses tableaux qui n'existent pas : sauf leur titre, les toiles n'ont qu'une existence digitale. Mais ils peuvent être acquis à la Marlborough qui envoie aux clients qui les achètent un certificat de propriété. Cela m'a semblé être une pure plaisanterie et pire encore, quand la galeriste m'a fourni toute une explication sociopolitique pour justifier cette mascarade. Elle m'a assuré qu'avec cette invention plastique Boshinsky avait résolu un très vieux problème, celui de la propriété privée et ses détracteurs. Cette dernière fut toujours considérée comme un vol et une injustice des riches à l'encontre des pauvres. Les « peintures immatérielles » ont des acquéreurs, de sorte que la propriété privée est respectée, et, en même temps, tout le monde peut en jouir sans la ravir au propriétaire à travers le Web. Elle m'a assuré qu'on avait déjà vendu plusieurs de ces « peintures immatérielles », à des prix très raisonnables – de 20 à 25 000 euros à peine –, et la galerie tenait cela pour un succès. Je lui ai dit – je ne sais pas comment je m'en suis souvenu – qu'un poète et peintre péruvien, Jorge Eduardo Eielson, avait inventé les « sculptures imaginaires » il y a quelque quatre-vingts ans (peut-être plus). Il les avait installées dans des lieux éclatants, la Tour de Pise, l'Arc de Triomphe, la Statue de la Liberté, et il avait même envoyé l'une d'elles sur la lune dans un vaisseau spatial de la NASA. Sans toucher un centime. J'ai pensé que cela amuserait la galeriste de savoir que Boshinsky avait un précurseur mais elle m'a regardé d'un air incrédule, ou disons lugubre. Tandis que je discutais avec elle, il m'est venu deux vents que j'ai essayé de dissimuler en me ramassant un peu, comme pour me gratter la jambe.

Quand je me suis réveillé, j'étais tout frissonnant et la lumière du jour avait baissé. J'avais l'horrible impression que tout en dormant, outre les vents, mon ventre m'avait lâché et j'avais déféqué. Maudits boyaux ! Ce n'était pas la première fois que cela m'arrivait. Justement, dans un cinéma où je regardais un film de John Ford, un cinéaste que j'admire tellement, j'avais fait sous moi. Et maintenant cela recommençait. Faudra me nettoyer avec soin, lessiver mon slip plein de merde et mon pantalon embrené. Quelle répugnance ! Encore fallait-il retrouver ma maison. Il y avait encore un peu de soleil. J'avais des frissons et, pendant que je dormais, les bébêtes m'avaient sûrement piqué, surtout les fourmis. Je ne me rappelais toujours pas mon adresse, ni le nom de la rue, mais ma peur était retombée et je me résignais à mon sort. Je me suis levé avec difficulté et j'ai demandé l'heure à un passant. Il était cinq heures dix du soir. J'avais encore le temps de me rappeler l'adresse de ma maison. Si je n'y arrivais pas – mais j'avais bon moral, car je sentais que j'étais tout près, je reconnaissais déjà le quartier – j'irais à la police, pour ne pas passer la nuit à la belle étoile. Je ne sortirais peut-être plus jamais de prison. Mais au moins au commissariat, pendant qu'on vérifierait qui je suis, je serais à l'abri. Que faire s'il se mettait à pleuvoir ? Et me revoilà en route, à petits pas, sur cette avenue du Pintor Rosales.

Osorio m'a traîné à Lavapiés il y a quelques mois – ou peut-être quelques semaines – dans une nouvelle galerie, « à tout casser », m'a-t'il-dit. L'exposition s'intitulait *Sculptures pour l'odorat.* Il y avait là une vingtaine de marionnettes qui vomissaient, urinaient, déféquaient ou suppuraient par les oreilles et le nez des liquides – appelons-les par leur nom : morves – qu'afin d'apprécier pleinement le sens de l'exhibition, on devait respirer dans des cuvettes où deux figurines déposaient leurs excrétions. Sitôt entré, j'ai été tellement dégoûté que j'ai eu envie, moi aussi, de rendre tripes et boyaux dans ces pourrissoirs. Et bien entendu, il m'est venu des vents à la chaîne. C'est toujours comme ça quand quelque chose me tape sur les nerfs. Mais Osorio – pourquoi pas ? – m'a assuré qu'après un premier moment difficile, l'odorat à la longue perdait tout dégoût et commençait à comprendre le sens profond de l'exposition. Et il a ajouté : « son sens métaphysique ». Il croyait, ce connard, que cela m'en boucherait un coin. « Je n'aurais jamais pensé que la métaphysique puisse sentir le pet », lui ai-je rétorqué. « J'en ai déjà bien assez des miens ». En fin de parcours, l'artiste lui-même, un jeune chevelu au regard fou, qui semblait ne s'être jamais lavé et disait s'appeler

Gregor Samsa, gratifiait l'héroïque visiteur d'un texte traduit de Baudelaire sur la valeur artistique des odeurs.

Je ne vais presque plus au théâtre ni à l'opéra, malgré tout le plaisir que j'y prenais autrefois. C'est précisément pour cela que j'ai cessé d'y aller. Maintenant c'est aussi devenu une pitrerie, un prétexte pour y fourrer des écrans, comme tout dans ce monde électronique et digital où nous avons atterri grâce au progrès.

Et dire que cela fut célébré comme une grande invention ! Je m'en souviens très bien, cela remonte peut-être à quarante ans, ou vingt, ou dix, on appelait ça « Spectacle multimédia commenté ». On tenait pour un progrès de pouvoir entendre un opéra tout en recevant sur son écran de portable une information sur l'œuvre, le compositeur, le librettiste, le chef d'orchestre, le contexte historique de la pièce et, pour comble, de pouvoir aussi commenter avec d'autres personnes la représentation à laquelle on assistait, avec son voisin ou avec des spectateurs qui étaient loin de ce qui se passait sur scène. Bravo, bravissimo. Sauf que, comme l'attention est unique et le cerveau aussi, pareille opération simultanée amène le spectateur à se concentrer finalement sur l'écran du portable en se désintéressant tout à fait de l'opéra qu'en théorie il était allé entendre et voir. Tout le théâtre n'est plus qu'un rassemblement de gens qui, au lieu d'écouter et de savourer la musique, sont totalement absorbés par les écrans, s'informant sur une œuvre qu'ils n'écoutent ni ne voient que par petits bouts, et commentent – bavassent plutôt – avec d'autres crétins comme eux, captivés par leur téléphone. Il est impossible de jouir d'un concert, ou d'un opéra, voire d'une comédie légère, autour de gens qui ne font que caresser ou pianoter sur les tablettes qu'ils ont sous les yeux en lançant des clins d'œil incessants vers le pauvre spectateur qui est allé au théâtre avec la stupide illusion d'écouter et de voir les choses qui se déroulent sur scène. Le seul spectacle sérieux aujourd'hui admis est celui que produit le propre bipède sur son artefact portable, cet incinérateur de tout ce qui est naturel ou authentique et qui a pratiquement disparu dans ce monde où seuls règnent et brillent le postiche et l'artificiel.

Est-ce que ce n'était pas le Teatro Real ? Ne se trouvait-il pas naguère devant le Palacio de Oriente ? Si, bien sûr. C'était bien le Palacio Real où les rois recevaient les accréditations des ambassadeurs. Comment avais-je pu aboutir ici ? J'avais l'impression de marcher dans l'autre direction. Il est possible qu'à un certain moment j'aie tourné sur moi-même et parcouru le chemin de ce matin. Oui, c'était bien là le Teatro Real. J'étais épuisé et pas mal déprimé. J'ai senti quelque chose de bizarre au visage et, en touchant mes yeux, j'ai découvert qu'ils étaient pleins de larmes. J'ai eu le courage de me retenir, pour ne pas pleurer à grands cris. Arriverais-je jamais chez moi ? J'étais déjà si las, tout mon corps tremblait et j'avais une phénoménal envie de me coucher. Que c'est bon de s'emmitoufler et de dormir en sachant qu'on se réveillera plusieurs heures après, dans la lumière du jour, et que ce sera ma maison, bon, ma chambre de bonne avec toilettes. Ça serait merveilleux ! Mais quelle horreur de rester toute la nuit assis sur un banc, mort de froid ! Je suis sûr que si je dois passer toute la nuit dehors, je mourrai comme un chien. J'étais épuisé et je cherchais un banc où m'asseoir et voir passer le temps. Quand je me suis assis, dans un coin de la Plaza de Oriente, qui s'étend moitié devant et moitié derrière le Palacio Real, je me suis senti plus tranquille. J'ai touché mes yeux, j'avais cessé de pleurer. J'ai regardé le ciel, il était pur et radieux. Quelques étoiles étaient apparues.

Je pense parfois qu'à mon insu ce qui se passe autour de moi me contamine aussi, et je ne sais plus vraiment distinguer la culture et ce qui en tient lieu dans le monde délirant où nous vivons aujourd'hui. Je le dis à cause de ma discussion de l'autre jour avec Osorio après le dîner chez les Arismendi, ces millionnaires, ou disons milliardaires. Ce dîner m'a fortement impressionné, c'est certain, non pour le repas qui n'avait rien d'extraordinaire, mais pour les hologrammes. C'est vrai, quel spectacle féerique ! Nous avons été, la demi-douzaine d'invités, surpris et émerveillés du début à la fin de la soirée. J'avais déjà vu des hologrammes dans des foires et des expositions ou même des musées, mais ces figures en trois dimensions ne m'avaient jamais ébloui. Ce soir-là, si. Je ne savais même pas que la technologie des hologrammes avait pu évoluer au point de produire les prodiges que nous avons vus chez les Arismendi.

Dès l'entrée, j'ai été ébahi en remarquant, près du majordome qui m'ouvrait la porte et prenait mon manteau et mon écharpe, un double holographique de lui, un autre majordome avec le même visage et le même habit, répétant ses gestes, sourires et courbettes. Mais ce n'était que le début. Toute la soirée nous avons été entourés par ces personnages fantasmagoriques, dupliquant valets ou filles de salle servant à table, passant les plats, amuse-gueules et boissons. Et ils étaient si identiques jusqu'à nous donner l'impression d'être dans un monde onirique, de vivre dans un poème surréaliste où le merveilleux quotidien existe, comment dire, un monde qui dissipe la frontière avec le réel, les personnages en chair et en os et leurs doubles, ces fantoches de l'illusion technologique. Le bouquet final a été, à notre départ, de retrouver à la porte de la maison nos amphitryons dupliqués, les Arismendi fictifs, qui nous ont souhaité bonne nuit et toutes sortes de meilleurs vœux.

Ma discussion avec Osorio a éclaté quand je lui ai rapporté l'impression que m'avait causée ce dîner holographique. Il m'a interrompu, heureux, comme s'il m'avait surpris à faire une très vilaine chose, me masturber par exemple. « Maintenant, dis-moi, ce que nous avons vu, est-ce ou non de l'art ? » Je lui ai dit que ce n'en n'était pas, que c'était seulement une remarquable prouesse technique. Il a répliqué : « Eh bien, c'est aussi cela qu'a été l'art toute la vie, une prouesse technologique. C'est en cela que consiste l'art de nos jours. » On a eu une discussion de plusieurs heures, où je me refusais à accepter sa théorie selon laquelle les véritables artistes de notre temps sont les ingénieurs électroniques, les programmateurs informatiques, les grands spécialistes de l'image et du son, et les professionnels de la toile. Mais bien que je ne lui aie jamais donné raison, les arguments d'Osorio mettent en lumière une vérité déprimante : nous vivons dans un monde où ce que nous appelions art, littérature, culture, n'est plus l'œuvre de la fantaisie et de l'habileté de quelques créateurs individuels, mais des laboratoires, ateliers et fabriques. C'est-à-dire des maudites machines. (Serais-je technophobe ? Ça se pourrait bien.)

Je me suis senti, à nouveau, succomber au sommeil. Si je m'endormais, à mon réveil il y aurait beaucoup d'étoiles dans le ciel. Tout un jour à chercher ma maison, bon, ma chambre de bonne, avec la certitude qu'elle était par ici, tout près, sans pouvoir la localiser. Mais, à cette heure, peu m'importait. Je savais que mon slip était plein de merde parce que dans mon petit somme avenue du Pintor Rosales j'avais fait sur moi, et cela n'avait plus d'importance. Je me suis recroquevillé, j'ai pensé que je me sentais bien et que j'allais dormir encore un petit brin.

Est-ce à dire que la culture n'a plus aucune fonction à remplir dans cette vie ? Que ses raisons anciennes, aiguiser la sensibilité et l'imaginaire, offrir le plaisir de la beauté et développer l'esprit critique, ne manquent plus aux êtres humains d'aujourd'hui, et que la science et la technologie peuvent les remplacer avantageusement ? Voilà pourquoi, assurément, il n'y a plus de départements de philosophie dans aucune université des pays cultivés de la terre. (J'ai fait une recherche l'autre jour et internet m'a fait savoir que parmi les derniers départements de philosophie qui survivent, on en trouve un à l'université de Cochabamba en Bolivie, et l'autre à la faculté des Lettres des Îles Marquises. Mais dans cette dernière, la philosophie partage le département universitaire avec la théologie et la cuisine. Quel mélange ! J'imagine le diplôme de docteur en philosophie, théologie et gastronomie, c'est à mourir de rire.)

Mais si les idées en soi, privées de finalités pratiques immédiates, avaient disparu, toute forme de dissidence et de contestation dans nos sociétés se serait aussi évaporée. Par chance, cela n'est pas encore, bien que, je le crains, on s'achemine vers ce but : une société d'automates. Mon espoir se place dans le mouvement des « déséquilibrés » qui s'est répandu sur tout le globe, pas seulement en Espagne. Malgré mes sentiments contrastés à leur endroit. Parfois ils m'inspirent de la sympathie, parce que ce monde ne leur plaît pas et leur forme de vie montre à l'évidence qu'ils voudraient le changer. Il y a chez eux une attitude désintéressée, de pureté et de spiritualité, tout ce qui semble avoir disparu de nos sociétés frénétiquement livrées au travail, à la production, à l'argent et aux petites machines divertissantes.

Mais je suis loin de partager toutes leurs thèses et leurs lubies. Je suis également effrayé par leur attitude fanatique contre certaines choses comme le sexe et la viande, sans lesquelles mes années de jeunesse et de maturité auraient été privées de maints plaisirs que je me rappelle avec émotion et les larmes aux yeux. (Les années venant, je suis devenu assez pleurnichard.) Loin de moi l'idée que faire l'amour et manger une succulente grillade s'équivalent, je ne suis pas bête à ce point. Mais je crois qu'aimer est une chose merveilleuse, surtout quand j'étais jeune. Je me suis rappelé Carmencita. N'était-ce pas délicieux de se déshabiller, de s'étreindre au lit pendant des heures, de faire l'amour en rentrant du bureau de presse où je travaillais ? Voir pour la première fois le corps nu d'une jeune fille, lui conter fleurette avec la délicatesse d'un poème, jouir ensemble ivres de désir et de bonheur, sentir le temps s'abolir, atteindre cette immortalité de l'instant que produit l'extase charnelle, quelle merveille ! Maintenant j'ai la certitude que le sexe ne représente plus autant que lorsque, dans ces lointaines années, il fallait triompher peu à peu des tabous et des barrières qui entouraient l'amour physique, pour accéder enfin à l'acte sexuel comme on touche au paradis.

Par ailleurs, en ce temps-là, s'enfiler un bon bifteck, une côte de bœuf ou des rognons au vin rouge était un délice, quelque chose que le commun des mortels faisait en parfaite bonne conscience : nous étions loin des problèmes moraux et politiques que cela pose aujourd'hui, quand tout le monde tourne la bouffe en dérision, suit les instructions des diététiciens et que les plats ressemblent à des médicaments. Oh là là, quelle horreur aujourd'hui, boire et manger ! Et celui qui le dit est quelqu'un qui ne mange presque jamais excessivement et boit rarement ces potions pharmaceutiques que l'on appelle désormais vin.

Je dormais et rêvais tranquillement, en parfaite paix avec moi-même. La peur et le froid m'avaient quitté. Je me sentais bien dans mon sommeil.

On dit que le mouvement des « déséquilibrés » est né au Japon il y a un demi-siècle. En tout cas, son expansion dans le monde a été lente, elle s'est produite comme un phénomène naturel, tout comme les rivières s'ouvrent une voie, non pas sous l'effet de la propagande ou de l'évangélisation, car, vu son individualisme effréné, la dernière chose que feraient ses adeptes serait de devenir des propagandistes et des apôtres de leur philosophie de vie. Ils ne constituent pas une nouvelle religion, certainement pas. Que sont-ils, alors ? Quelque chose comme une « fraternité » pacifique et iconoclaste qui, au-delà ou à l'intérieur de ses propres frontières, rallie surtout la jeunesse. Je l'appelle « fraternité » parce que parler d'« idéologie » serait un anachronisme : plus personne ne sait aujourd'hui ce que c'est ou ce que cela fut. Sans compter qu'il n'y a plus d'idéologies dignes de ce nom. Tout est devenu très pratique dans cette vie, surtout la politique. Il est possible que le mouvement des « déséquilibrés » soit une réaction contre le pragmatisme matérialiste universel qui s'est imposé comme seule forme de vie, une protestation singulière contre un monde de gens apparemment d'accord sur presque tout et qui ne voient pas au-delà de leurs œillères – que nous avons, je ne sais pas pourquoi je m'exclus – sans le savoir. Non, les « déséquilibrés » ne pratiquent pas l'endoctrinement ni l'apostolat, que je sache du moins. En revanche, ils prêchent par l'exemple. Et cela s'est propagé, en s'étendant. Ils sont maintenant partout, bien que les écrans qui pullulent dans les rues en affichant les informations, n'aient pas coutume de parler d'eux. Mais ce qu'il y a de sûr, c'est que leur façon d'être et de vivre a touché la fibre intime de nombreux jeunes de la dernière génération. Comme ils sont tellement pacifiques et répugnent aux meetings, aux campagnes, et fuient les médias ou sont antigrégaires, ils passent pour ainsi dire inaperçus. Mais ils sont là, autour de nous. Par milliers, dizaines de milliers, voire par millions. Tous jeunes, bien sûr. Je suppose qu'au fur et à mesure qu'ils gagnent des années et prennent de l'âge, ils se retirent. À moins que les plus jeunes ne les tuent. Dans mon rêve, me voilà qui ris, amusé par cette idée. Mais non ! Les « déséquilibrés » sont pacifiques et incapables de faire du mal à une mouche.

Que veulent-ils ? De quelle façon aimeraient-ils que le monde change ? J'ai discuté une fois avec un de leurs groupes, ici, à Madrid. Ils prenaient le soleil, étendus sur l'herbe, au Parque de Debod, près du temple égyptien, contemplant, sous un ciel dégagé, le Parque del Oeste à leurs pieds. Au début, ils m'ont regardé avec méfiance, mais sans hostilité. Quand je leur ai expliqué que je voulais seulement en savoir un peu plus sur ce qu'ils faisaient, croyaient et souhaitaient pour la société, ils ont été déconcertés. Finalement, après avoir échangé des regards entre eux, ils ont acquiescé. L'un d'eux m'a demandé si j'étais de la police. Et ils ont rigolé en voyant ma dégaine de mendiant. On a parlé près d'une heure, couchés dans l'herbe, moi comme un arrière-grand-père ou un arrière-arrière-grand-père entouré de ses arrière-petits-fils et arrière-arrière-petits-fils. Parmi eux, il y avait quelques filles et garçons étrangers qui baragouinaient à peine l'espagnol. C'est la langue dans laquelle on parlait, avec de temps à autre quelques petites phrases en anglais, en italien ou en français.

À vrai dire, je suis resté un peu troublé par tant de contradictions et d'ambiguïtés. Puis en réfléchissant à ce que font les « déséquilibrés », je suis arrivé à la conclusion qu'ils agissent plus par instinct que par réflexion. Ils ne sont pas guidés par les idées, tellement dévaluées dans le monde d'aujourd'hui, mais par les instincts, les intentions, l'action. Ce qui m'est apparu le plus clairement et sur quoi ils sont tous d'accord : notre système ne laisse pas aux gens le temps de le gaspiller. Ils défendent passionnément l'oisiveté. Perdre le temps comme eux, couchés dans l'herbe, leur semble un grand privilège, parce que c'est une bizarrerie dans le monde d'aujourd'hui. Ne rien faire, être là à rêvasser, jouir d'un petit soleil tiède, chanter ou raconter des blagues. « Ça c'est la vie », m'a affirmé l'un d'eux. « Et ne pas passer matin et soir à faire clic clic sur l'ordinateur, entouré de murs et d'ennui. » « Il n'y a pas que le travail, il y a d'autres choses que nous devons valoriser », a ajouté une petite rouquine, avec conviction. Les autres ont acquiescé.

Quand je leur ai demandé comment ils font pour manger, comment ils gagnent leur vie, ils ont été surpris comme s'il s'agissait d'une chose négligeable. Ils faisaient parfois des petits travaux et partageaient entre eux tout ce qu'ils avaient, m'ont-ils dit. Certains s'étaient débrouillés pour toucher des allocations de l'État. En tout cas, ils partageaient leurs revenus et leurs dépenses. De plus, ils ne mangeaient guère et, naturellement, tout appartenait à tous.

Ensuite, quand je leur ai demandé pourquoi ils se souciaient tant des crèmes, des onguents et des cosmétiques, je les ai sentis gênés, comme si j'avais violé un territoire intime. Après un long silence, l'un d'eux a murmuré : « Notre corps est sacré et il faut en prendre soin. » Pour eux, à vrai dire, le sacré se trouve dans les parfumeries et les pharmacies. Ils m'ont demandé si je ne m'étais pas mis quelque chose contre le soleil et comme je leur disais que non, que je n'utilisais jamais de crèmes protectrices, ils étaient scandalisés. Ils m'ont avoué que tout l'argent qu'ils gagnent avec leurs jobs éventuels et les aides qu'ils reçoivent du seul fait d'exister, ils l'investissent dans l'achat de cachets, lotions, toniques, tout ce qui empêche la peau, les yeux et les dents de s'abîmer. Pour des raisons d'esthétique, mais surtout de santé. Ils disaient qu'en dépit de tant de mauvaises choses aujourd'hui, il en est une fort appréciable, et c'est tout ce que la science a inventé pour nous défendre contre la déchéance physique : désinfectants, fortifiants, baumes, hydrothérapie, bains thermaux, massages, un arsenal de drogues et de produits naturels qui, utilisés avec sagesse, maintiennent les êtres humains beaux et sains, avec le plein usage de leurs facultés jusqu'au dernier jour. L'un des garçons, au corps stylisé et ascétique, a dit que le plus important c'est d'avoir l'estomac toujours propre et qu'en finir avec la constipation était la plus grande gloire de la science contemporaine. (Mais tout cela exige beaucoup d'argent et eux, qui sont des flemmards, n'en ont pas : comment font-ils ?) Car jouir d'un ventre qui fonctionne avec la ponctualité d'une montre suisse empêcherait les gens de succomber à la névrose, cause principale des suicides enregistrés chaque jour dans toute l'Europe. Un autre lui a fait valoir que le plus important est la découverte de la gelée royale qui maintient la mémoire fraîche et alerte. Un autre a réfuté ces deux arguments en assurant qu'une prouesse plus grande encore avait été d'avoir fabriqué la pilule qui calme la libido, libérant hommes et femmes de leurs préoccupations sexuelles comme autrefois.

J'en ai profité pour demander aux « déséquilibrés » pourquoi ils étaient contre le sexe et pratiquaient – du moins pour beaucoup d'entre eux – la chasteté. J'ai noté que certains du groupe rougissaient et détournaient le regard. Finalement la rouquine a pris la parole et m'a expliqué : « C'est que nous autres sommes en faveur de la propreté, tant corporelle que spirituelle. » « Moi aussi je le suis », leur ai-je assuré. « Mais cela ne saurait signifier qu'il ne faille jamais faire l'amour, une chose tellement salutaire et agréable. » Mais ils m'ont regardé comme ce que je suis, un homme des cavernes. « Est-ce que cela ne suffit pas d'avoir à expulser chaque jour nos excréments ? », est intervenu agressivement un jeune homme, presque un enfant, qui n'avait pas ouvert la bouche jusqu'ici, « faut-il nous vouer aussi à expulser quotidiennement notre sperme ? » Je n'ai pas compris ce qu'il voulait me dire, mais, semble-t-il, ses camarades si, car tous ont souri en l'entendant, comme s'il m'avait damé le pion. Je leur ai dit que, lorsque j'étais gosse, c'était ce qu'essayaient de nous inculquer les curés : que le sexe était quelque chose de sale, de vilain et d'immoral. Et, par conséquent, de superflu. Ils ont haussé les épaules. Aucun d'eux ne pratiquait quelque religion que ce soit, sauf une fille qui avoua que, bien que ne suivant aucun credo, elle ne pouvait non plus être athée, car elle croyait à « un principe premier pour toute chose ». Sa défense de l'ascétisme n'était pas inspirée par la foi religieuse, mais par une morale laïque ou, plus surprenant encore, par l'hygiène.

Je n'ai jamais vu d'exemple plus frappant de la dévaluation sexuelle parmi les jeunes, justement maintenant qu'on a atteint un stade qui, voici à peine un demi-siècle, semblait inaccessible : la liberté illimitée de pratiquer le sexe n'importe comment, n'importe où et avec n'importe qui. C'est peut-être cette même liberté qui est cause de sa dévalorisation. Le sexe excitait beaucoup les gens quand il était entouré d'interdits et de tabous ; ces derniers disparus, il a perdu sa magie, et maintenant les jeunes y répugnent. Qui l'aurait cru !

Quand je me suis risqué à dire que si tout le monde les imitait et devenait chaste, l'humanité disparaîtrait, l'un d'eux m'a alors rétorqué : « La science résoudra cela, en fabriquant des gens en laboratoire. » Mais ce qui a bien fait rire le groupe c'est qu'un autre ait ajouté : « Et qui ça gênerait qu'on disparaisse ? Pas les plantes ni les animaux en tout cas. »

Je leur ai demandé pourquoi on les appelait « déséquilibrés », mais ils ne le savaient pas. Quelqu'un a avancé : « On nous a peut-être donné ce nom parce qu'on croyait qu'on représentait un danger pour la société. Mais par la suite on s'est rendu compte qu'il n'en était rien, et le nom est resté. Nous… moi du moins, on s'en fiche. » « Ce mot "nous", on l'a exclu du vocabulaire », a affirmé une des filles. « Ce qui aurait pu être une insulte, on en a fait une vertu », a renchéri son voisin.

Ils aiment les cosmétiques et les médicaments, ils méprisent le sexe et sont d'irréductibles végétariens. Le seul moment de notre conversation où ils se sont exaltés c'est quand je leur ai dit que l'interdiction de manger de la viande me semblait absurde, qu'elle allait contre la liberté et les droits humains, contre le droit au plaisir. Le pire c'est que l'État, ou le gouvernement, les renforce dans ce préjugé. Et que je trouvais monstrueux qu'on verbalise ou envoie en prison ceux que l'on découvrait transgressant cet interdit. C'est alors qu'ils ont perdu leurs bonnes manières. Je les ai vus hausser le ton et gesticuler tout en me critiquant. Que serait-il arrivé si je leur avais dit que j'étais horrifié qu'on interdise les courses de taureaux ? Ils m'auraient lynché, peut-être. J'ai choisi de prendre congé avant qu'ils se mettent à m'insulter. Dans ma jeunesse, la révolte de la jeunesse s'inspirait d'idées telles qu'amener le paradis sur terre, instaurer une société égalitaire, en finir avec les inégalités, lutter pour la liberté sexuelle, le féminisme, l'avortement, la mort douce (autrement dit, l'euthanasie). Mais maintenant l'objectif des adolescents anticonformistes c'est que la planète entière s'alimente seulement de fruits et de légumes. Si ce n'est pas de la décadence, je ne sais comment nommer cela.

Ce qui est curieux c'est que la haine de la viande chez les « déséquilibrés » a moins à voir avec l'amour des animaux qu'avec une prétendue certitude médicale dont on a beaucoup débattu en interdisant les corridas : à savoir que la viande est nocive, qu'elle produit des maladies, « souille » le corps humain, « enlaidit » les gens et pousse à la « violence » les femmes et les hommes. Et l'on colportait des légendes ridicules, comme de dire qu'à la sortie des arènes, les *aficionados*, ces fans de corridas, lynchaient parfois les gens ! (Je répète les absurdités que j'ai entendues.) L'idée que se font de la propreté ces jeunes est maladive et névrotique. Autour de cette obsession ils ont construit toutes sortes de fantaisies chimériques et sanitaires.

Les « déséquilibrés » ne seraient pas rebelles s'ils ne prenaient des distances avec cet animalisme pervers qui s'est emparé du monde entier. Moi j'ai beaucoup aimé les animaux dans ma jeunesse et même, à l'âge mûr, j'ai eu un chien auquel je récitais des poèmes de Cernuda et de García Lorca. Mais, au train où vont les choses, j'ai acquis une certaine phobie pour le règne animal. Il ne serait pas étonnant que les bêtes en finissent avec nous, les humains. Et même, sans le dire à personne, et encore moins à Osorio, je ne regarde plus avec autant d'antipathie ces commandos anti-animalistes qui apparaissent ci et là dans le monde entier, et perpètrent des actes terroristes contre chiens, chats, rats, renardeaux, mouches et autres animaux considérés comme domestiques. L'autre jour à Madrid un tribunal pour mineurs a condamné à un an de réclusion dans une maison de correction un gosse de dix ans parce que la police l'avait surpris à lancer des cailloux avec une fronde sur des hirondelles. Moi, cela ne me paraît pas bien de lancer des pierres sur les hirondelles ni aucun animal, bien sûr, je ne l'ai jamais fait même quand les frondes n'étaient pas considérées comme des « armes du crime ». Mais envoyer un enfant pendant un an dans un établissement pénitentiaire à cause de ça me semble être un acte de sectarisme stupide. Et j'ai trouvé grotesque que le juge appelle l'hirondelle, selon la formule habituelle, « un être vivant à sang chaud dont le droit à la vie doit être respecté ».

Ce qui a beaucoup atténué ma sympathie pour les animaux c'est que les vétérinaires aient dit que les rats de nos jours ne transmettent plus de maladies, que la science a réussi à éradiquer chez eux tous les germes et microbes dont ils étaient porteurs auparavant et que, par conséquent, ils passeraient à la catégorie d'animaux domestiques, comme le demandaient tant d'associations animalistes. J'ai eu des cauchemars et j'en ai encore, car j'ai toujours détesté ces horribles rongeurs. Ils me font dresser les cheveux sur la tête quand je pense qu'ils vivent maintenant dans tant de maisons, nourris et choyés par leurs maîtres qui leur donnent à manger à la bouche et sans doute les mettent-ils dans leur lit pour qu'ils n'aient pas froid pendant les nuits d'hiver. Heureusement qu'on n'a pu éradiquer chez les chats l'instinct meurtrier contre les muridés, qu'ils continuent d'étriper chaque fois qu'ils sont à leur portée. Vive les chats ! À cause des rats j'ai cessé de me promener au Parque del Retiro les matinées où il fait beau, alors que cela m'enchantait avant. Ils ont envahi ce beau parc, ils sont partout, grimpant aux arbres, se baignant dans l'étang, montant sur les pieds des passants, remuant leur queue grise pour qu'on leur jette à manger. Et il faut les chasser avec délicatesse pour ne pas attirer l'attention des gardiens, ou alors ils te flanquent une amende pour maltraitance envers tes prochains « au sang chaud ». Quel sang n'est pas chaud ?

Alors, quand il y a eu l'invasion des renards à Madrid, je crois avoir été l'un des rares habitants à ne pas avoir eu peur, et je me suis réjoui plutôt de voir ces meutes de canidés envahir tous les parcs, avenues et promenades madrilènes. Tant que ces immigrants argentés ont vécu ici, les rats ont disparu des rues de la ville : ils se sont cachés, ou bien les renards les ont mangés. Osorio a été l'un des habitants les plus effrayés et il est allé manifester à la Puerta del Sol contre les campagnes de toutes ces ONG proclamant « Bienvenue à Madrid, frères renards ! » etc., qui faisaient campagne pour que les envahisseurs demeurent dans la ville et que celle-ci soit aménagée pour leur donner un abri permanent. Moi, cela ne me gênait en rien, la présence des renards à la Ville et la Cour : *Sólo Madrid es Corte !* La seule chose qui me gênait chez le renard, je le reconnais, c'est son odeur pénétrante de pisse qui imprégnait l'air madrilène ces jours-là. Elle se mêlait à mes propres odeurs, quel dégoût ! L'urine du renard empeste et ces semaines-là on a vu beaucoup de gens dans la rue avoir des hauts-le-cœur ou vomir, rendus malades par la mauvaise odeur qui imprégnait tout. Les renards, au bout d'un certain temps, s'en sont allés, aussi mystérieusement qu'ils étaient arrivés. Et les maudits rats, peu à peu, sont revenus en ville.

Osorio dit qu'on a maintenant la nostalgie de ces animaux, un autre fait marquant de la culture d'aujourd'hui, qui va briser toutes les limites du concevable. L'autre jour il m'a juré qu'il y a déjà, dans différentes villes, des collectifs et des fondations pour réclamer qu'on autorise les mariages mixtes entre les êtres humains et les animaux. Il se payait peut-être ma tête, parce qu'il ne m'a pas fourni de preuves tangibles que ces institutions existaient. Mais si elles n'existent pas encore, elles fleuriront bientôt. Ce sera amusant d'assister au premier mariage d'un homme et d'une chienne, ou d'une femme et d'un singe. Et ce le sera encore plus si on le célèbre non seulement à la mairie mais aussi dans une église, au rythme de la marche nuptiale.

Quand je lui ai raconté mon expérience avec les « déséquilibrés », Osorio m'a mis en boîte en me disant qu'un de ces jours un commando de fanatiques du végétarisme irait mettre le feu au restaurant clandestin où, une fois par mois, lui et moi allons nous envoyer un bon ragoût de queue de taureau ou un filet de bœuf saignant. Je crois que grâce à la prohibition, maintenant, nous les carnivores prenons encore plus de plaisir à nous goinfrer de viande. Sur ce point, la nature humaine n'a changé en rien. Le risque, le tabou, les interdits qui entourent toute chose la rendent infiniment plus désirable et attirante. Un de mes amis, fumeur clandestin, me disait la même chose voici peu : à savoir que ses amis et lui, dans les fumoirs secrets qu'ils fréquentent, en sachant qu'ils pourraient aller en prison pour les clopes qu'ils fument, ont maintenant infiniment plus de plaisir qu'avant, quand ils pouvaient en griller une, n'importe où sans risque aucun.

Osorio défend les « déséquilibrés » et je crois qu'il le fait par conviction, non pour pratiquer son sport favori qui est de me contredire. D'après lui, les vieux idéaux de justice sociale et de sociétés égalitaires et parfaites n'exaltent plus les nouvelles générations, car ce qu'il y avait en eux de réalisable fait désormais partie de la vie moderne. Et ce qui ne l'était pas, ce qu'avaient ces idéaux de chimérique et d'impossible, ne les enthousiasme pas, les répugne plutôt, car, formés au « réalisme », trait marquant de la culture actuelle, ils sont pragmatiques et ne veulent pas perdre leur temps et leur énergie à des choses qui n'aboutiront jamais, avec les conséquences qu'a eues dans le passé la quête de la société parfaite : guerres civiles, révolutions sanglantes et des injustices pires que celles qu'on voulait corriger. D'après Osorio, il y a du sens et même de la sagesse chez les jeunes d'aujourd'hui à remplacer l'aspiration à un monde parfait par quelque chose de plus humain, un monde où les jeunes vident ponctuellement leurs intestins et ne souffrent plus du supplice de l'acné. J'ai salué le bon mot, mais, quelques instants après, j'ai été pris d'une grande tristesse en me rendant compte qu'il ne blaguait pas.

Quand je lui ai dit que cela me semblait être un curieux paradoxe que les jeunes aient commencé à mépriser le sexe, c'est-à-dire à matérialiser ce que les curés voulaient nous inculquer quand nous étions adolescents – bien que beaucoup de curés l'aient pratiqué en cachette, à l'endroit et à l'envers, surtout à l'envers –, précisément quand les religions commencent à se réduire comme peau de chagrin, Osorio m'a repris : « Les églises se réduisent, pas la religion. » Bien obligé de lui donner raison.

Restait un point sur lequel Osorio et moi tombions d'accord : étions-nous libres ou de purs automates ? George Orwell n'avait pas vécu ce problème, car il avait écrit au temps du stalinisme le plus enragé, qu'il avait combattu sans hésiter dans des livres splendides tels que *La Ferme des animaux* et *1984*, comme l'homme de gauche qu'il avait toujours été, défenseur d'une gauche démocratique, si tant est qu'elle ait existé un jour. C'était un socialiste qui ne l'était pas, et qui, sous son socialisme démocratique, défendait le capitalisme démocratique, car il savait fort bien que sans entreprises libres et privés il n'y a pas de liberté qui survive et que, si l'État contrôle la production de biens et l'emploi, à plus ou moins long terme s'installe le communisme et, avec lui, le totalitarisme et la pauvreté. C'est pour cela que l'Union Soviétique a disparu et que la Chine Populaire est devenue une dictature capitaliste de petits camarades. Car il existe en Chine une entreprise privée de patrons millionnaires qui avalent tous les mensonges du régime, mais ce régime est une caricature du capitalisme et le manque de liberté l'asphyxiera à plus ou moins long terme.

Dans quel régime sommes-nous maintenant ? Impossible de le savoir, mais ce qu'il y a de sûr c'est que nous vivons dans le mensonge systématique. L'économie fonctionne grâce à l'entreprise privée, à l'économie de marché, à la concurrence, évidemment. Mais sommes-nous libres ? Ni Osorio ni moi ne le croyons, bien que lui le croie par moments. J'ai cette impression depuis que les journaux ont disparu. Il est vrai qu'à tous les carrefours, il y a des écrans qui donnent des nouvelles toute la journée, et représentent, apparemment, des entreprises qui défendent plusieurs idéologies et systèmes. Est-ce cela la vérité ? Lui et moi avons l'impression que non, et que, sous les prétendues différences, les écrans défendent une seule vérité – un mensonge rigoureusement gardé –, car toutes sont secrètement d'accord pour défendre un système où gouvernement et entreprises, comme cela se passait en Chine dans des temps lointains, s'accordent à mentir ensemble, feignant des divergences à vrai dire superficielles, quand tous veulent unanimement maintenir ce système qui trompe tout le monde ; il semble, en effet, fonctionner assez bien, puisqu'il y a travail, pensions, assistance médicale et éducation pour tous, et une liberté qui est un pur écran de fumée inventé par cette technologie de pointe qui distrait tout le monde. Hommes et femmes sont devenus incultes et manipulés presque totalement par la disparition de la culture, ou, disons, sa transformation en pur divertissement. En d'autres termes, nous sommes des esclaves plus ou moins heureux et contents de notre sort. Orwell n'avait pas imaginé que telle pouvait être l'évolution de ce « socialisme libre » qu'il imaginait et qui était tout simplement impossible. Nous avons donc perdu maintenant la liberté sans nous en apercevoir, et le pire c'est que nous sommes contents et même nous croyons libres. Quelle plaisanterie !

N'est-il pas étrange que dans ces conditions le sexe ait perdu tout intérêt quand sa grande ennemie, celle qui a tant fait pour l'éradiquer de nos vies – du moins en théorie –, l'Église catholique, perde fidèles, catéchumènes et prêtres, au point de devenir dans certains pays une sorte de société philatélique ? Bien souvent nous nous sommes demandé, Osorio et moi, pourquoi les grandes églises et ces fanatiques terroristes qui voulaient en finir à coups de bombes et d'assassinats, s'éclipsent à présent, car à l'instar du catholicisme, le judaïsme, le protestantisme, l'église orhodoxe et même les églises orientales comme l'Islam (dans ses deux branches) et le bouddhisme perdent fidèles et force, et s'étiolent au point que beaucoup pensent qu'ils finiront par s'éteindre. Après avoir eu tant d'influence dans l'histoire, et l'avoir marquée à feu et à sang, maintenant, sans que personne ne les attaque, et malgré tous les gouvernements qui les subventionnent sans nulle hostilité, les églises disparaissent peu à peu, et cette lointaine observation de Nietzsche est devenue réalité : Dieu est mort et tout le monde s'en fout, car les hommes et les femmes ont enfin appris à vivre sans Dieu. C'était aussi un produit de la culture et, comme celle-ci s'est transformée en divertissement, nous ne nous sommes même pas rendu compte que les vieux dieux ont été remplacés par le foot, les images de l'écran, le cirque, les dessins animés, et surtout la publicité et ses multiples manifestations qui commencent à ne plus nous amuser.

Je suspecte l'Église catholique d'avoir signé son avis de décès quand elle s'est mise à se moderniser, quand ce bastion du machisme et du conservatisme, de l'intolérance et du dogmatisme qu'elle fut hier, a commencé à se relâcher, à se fissurer, à faire des concessions aux curés et aux laïcs progressistes. Ce sont eux qui l'ont emporté, mais au lieu de l'*aggiornamento* qu'ils réclamaient, ils ont porté à l'Église le coup de grâce. Autrement dit, cela s'est retourné contre eux. Ce qui semblait impossible s'est néanmoins réalisé : l'Église a ordonné prêtres des femmes et les a nommées évêques, elle a autorisé les curés à se marier, comme les pasteurs protestants, et le pape en personne a célébré un mariage gay dans la basilique Saint-Pierre. Ma pauvre mère, paix à son âme, quand elle a entendu ces nouvelles et a vu la scène sur sa tablette digitale a lancé un cri déchirant et s'est évanouie. Elle a roulé à terre de son fauteuil roulant. Pauvre vieille ! « C'étaient des avancées indispensables pour s'adapter à l'époque », dit Osorio. « Si elle ne l'avait pas fait, l'Église se serait flétrie comme une rose trop longtemps exposée au soleil. » N'est-ce justement pas ce qui s'est passé ?

Je ne suis évidemment pas d'accord avec lui. Les gens aimaient l'Église parce qu'elle ne ressemblait pas à la vie, à la société telle qu'elle est, parce qu'elle représentait le contraire de l'existence séculière. À l'intérieur de l'Église, on se sentait déjà dans l'autre monde, un territoire très éloigné de celui de la routine quotidienne. C'était une belle illusion, faite de rites, de chants, d'encens, de phrases en latin qui, comme ils ne les comprenaient pas, passaient aux oreilles des fidèles pour sages, célestes, allusives, héroïques et marquées par la pureté, l'innocence et la paix intérieure. Maintenant l'Église a cessé d'être ce refuge : c'est une prolongation de la vie de tous les jours, où presque tout est permis, où il n'y a plus de tabous ni de dogmes inflexibles.

L'Église a perdu son mystère et cessé d'être intéressante, car elle ressemble à ces partis politiques auxquels personne ne croit, aux corporations universitaires ou aux clubs de football. Quand le Vatican a établi que les limbes n'existaient pas, les choses ont pris un mauvais tournant. L'abolition de l'enfer a, certes, tranquillisé beaucoup de croyants pécheurs, mais déçu d'autres qui rêvaient de faire rôtir éternellement leurs ennemis, exploiteurs et bourreaux, dans les brasiers de Belzébuth. Sans les flammes de l'enfer, l'au-delà perdait tout charme aux yeux de quantité de fidèles. On dit maintenant que le Vatican va aussi déclarer que le Ciel n'existait que comme quelque chose de symbolique et de métaphorique, mais qu'à dire vrai il n'existe pas non plus au sens tangible et matériel. Pauvres martyrs chrétiens ! Ils se sont fait écarteler, torturer, déchiqueter par les fauves, brûler vifs, à défendre les principes et les vérités de la foi chrétienne pour des prunes, car voilà que ni l'enfer, ni les limbes, ni le ciel n'existent. À quoi et à qui pouvait servir l'Église dans ces conditions ?

Cela dit, il convient d'éclairer un point sur lequel Osorio insiste beaucoup, et à juste titre, je crois. La décadence des grandes églises n'en a pas fini avec la religiosité. Sauf que celle-ci s'est vulgarisée et honteusement encanaillée. Maintenant que plus personne ne croit aux curés, les gens s'en remettent aux sorciers, magiciens, chamanes, marabouts, cartomanciennes, chiromanciens, hypnotiseurs, toute cette valetaille d'escrocs et mystificateurs qui, pour quelques pesos, font croire à leurs clients ébaubis qu'existe l'autre monde qu'ils sont seuls à connaître, que le futur est écrit et déchiffrable, en lisant dans le marc de café, les feuilles de coca, en tirant les cartes ou en regardant dans une boule de verre. Ce que les religions sérieuses faisaient avec élégance, beauté, science intellectuelle, est maintenant le monopole et le gagne-pain d'une mafia d'imposteurs analphabètes et d'illusionnistes amateurs. Autrement dit, dans ces moments de haute modernité scientifique et technologique, nous revenons au paganisme et aux sortilèges primitifs. C'est à cela que nous a conduits la culture de notre temps. Et ce connard d'Osorio appelle ça le progrès.

Et là-dessus, tout à trac, je me suis réveillé. Oui, je m'étais réveillé. Il faisait nuit noire et le ciel était devenu un océan d'étoiles. J'étais assis sur le banc de pierre de la Plaza de Oriente, et à ma droite, devant moi, se tenait le Teatro Real, tournant le dos au Palacio avec en face la petite rue des restaurants et de l'entrée des artistes où passaient machinistes, acteurs, actrices et musiciens lors des répétitions. Je savais parfaitement qu'en descendant par cette artère je trouverais, à l'angle et à droite, la Plaza de Isabel II, et que c'est de là que partait la petite rue de ma maison. Elle s'appelait, bien sûr, Calle de la Flora. Le numéro un était celui de ma chambre de bonne avec toilettes, sur la terrasse. Je n'étais ni exalté ni triste. Maintenant je me rappelais que cette courte ruelle était celle de ma maison et qu'elle s'appelait, évidemment, et je le répète à nouveau : Calle de la Flora. Elle est très courte. Ma maison se trouvait au prochain angle, au croisement de la Calle

Hileras, exactement là où commence la petite Plaza San Martín, qui ensuite s'élargit et donne sur la Plaza de las Descalzas. On trouve là un des plus vieux couvents de Madrid, rempli de tableaux, qui n'ouvre au public que le dimanche avec toujours une longue file d'attente.

J'avais retrouvé la mémoire. Je me rappelais qu'en me mettant debout et en parcourant ces deux rues, je pouvais rentrer chez moi, après avoir perdu toute une journée à le chercher. Je n'en ai été ni étonné ni joyeux. J'avais eu une grande peur, sans doute, en pensant que j'allais mourir dans la rue comme un chien errant. Mais maintenant j'étais tranquille. Je restais assis. Quelle heure pouvait-il être ? Il n'y avait pas grand monde autour de moi. Plaza de Isabel II, je trouverais probablement quelques ivrognes. Je ne m'étais pas encore levé.

J'ai pensé : « J'ai perdu une journée ? » Non, il n'en était rien. J'avais, sans doute, senti la mort plus proche que jamais, tandis qu'en faisant le tour de cette place je devinais que ma maison se trouvait par là. Maintenant, j'avais retrouvé la mémoire. Après avoir dormi et repris des forces, j'appellerais Osorio et lui raconterais cette aventure. J'avais senti la mort tout près, mais ça n'avait pas été une perte de temps. Je savais maintenant que je ne quitterais plus jamais ma maison – bon, ma chambre de bonne – sans avoir sur moi un papier avec mon nom et mon adresse, et les instructions au cas où, si je mourais, on avertisse Osorio dont j'indiquerais sur ce même bout de papier le téléphone et l'adresse.

Je respirais sans difficulté, je n'avais ni froid, ni faim, ni soif. Je ne me sentais ni heureux ni triste. Cela avait été une aventure. Une nouvelle aventure. Et aussi, un enseignement. Je pouvais perdre la mémoire et passer toute une journée à chercher ma maison sans la trouver. Je prendrais des précautions, je marcherais toujours avec ce document sur moi rappelant mon nom et adresse, ainsi que le téléphone d'Osorio. C'est ce que j'avais appris. Quelque chose que j'avais gagné.

Je me suis levé avec quelque difficulté. J'avais un peu froid. Rien de grave. Je savais que je pouvais marcher, mais, bien sûr, lentement, en allongeant les jambes, la droite, la gauche, et avec quelques crampes, la droite, la gauche, mais avec la confiance que m'avait donnée la récupération de ma mémoire et de savoir parfaitement où se trouvait ma maison. J'allais y arriver, je grimperais les cinq étages lentement, sans m'énerver, je laverais mon pantalon à la lessive et au savon, puis je me coucherais bien tranquillement, conscient d'avoir survécu à une expérience nouvelle qui m'avait rapproché un peu plus de la mort. Je me le disais à moi-même, sans tristesse ni colère, avec cette tranquillité nouvelle : avoir découvert que je pouvais perdre la mémoire et ne pas retrouver mon domicile, et ne plus savoir qui j'étais, en perdant tout un jour à tâcher de m'en souvenir. Je savais maintenant qui j'étais et où se trouvait ma chambre avec toilettes. J'ai pris la route, sans me hâter, tranquillement, comme un homme qui est sorti se dégourdir les jambes et rentre maintenant chez lui. « Dans mon petit chez-moi », ai-je pensé avec tendresse. Et j'ai senti quelques larmes rouler sur mon visage. (Je répète qu'avec les années je suis devenu très pleurnichard.)

La ruelle de l'entrée des artistes du Teatro Real, je la connais très bien. La plupart des restaurants étaient maintenant fermés, mais il en restait un d'ouvert, avec deux couples assis en terrasse, réglant l'addition. En passant près d'eux, à petits pas, je leur ai souhaité bonne nuit. Ils m'ont répondu en silence en hochant la tête.

Je craignais de tomber, aussi faisais-je de tout petits pas. En atteignant le coin de la rue, j'ai pris à droite et moins d'une minute après, j'étais sur la Plaza de Isabel II, encore bien éclairée. J'ai respiré tranquillement. Il y avait là le spectacle habituel : la file de taxis, les chauffeurs en groupe, fumant et discutant, un petit couple très jeune, assis sur un banc et se caressant, les deux kiosques à journaux fermés et, à l'entrée de la Calle del Arenal qui menait à la Puerta del Sol, un petit chien solitaire essayait de se mordre la queue. À main gauche se trouvait la rue qui conduisait à ma maison, bon, ma chambre de bonne avec toilettes. Je me suis répété une fois de plus que je monterais très lentement les escaliers, sans m'épuiser, en m'asseyant un moment à chaque palier. Elle s'appelait Calle de la Flora. Comment avais-je pu l'oublier ? Je l'ai traversée lentement, très sûr de moi, sentant que je m'étais tourné en ridicule toute la journée à chercher ma maison. Elle était là, au bout de la rue. J'avais repris confiance. Après avoir pensé à tant de choses. Et eu tellement peur, oh la la !

Mais j'ai eu peur encore, en atteignant l'angle où la Calle de la Flora croise celle de Hileras et jouxte la minuscule Plaza de San Martín pour aboutir ensuite à la Plaza de las Descalzas, quand, en palpant mes poches, j'ai découvert que je n'avais plus la clé qui ouvre le porche du numéro un, où j'habite. J'ai senti à nouveau la crise de panique que j'avais éprouvée toute la journée. Allais-je passer le reste de la nuit assis ici, par terre, en attendant qu'apparaisse quelqu'un qui vivait dans cet immeuble ? J'ai eu, pourtant, de la chance. J'attendais seulement dix ou quinze minutes quand apparut un monsieur avec une canne, que j'ai à moitié reconnu. Il s'est arrêté près de la porte, a tiré une clé et l'a ouverte.

Je me suis approché et lui ai dit : « Enfin vous voilà. J'ai oublié ma clé. Vous me laissez entrer ? » Le monsieur, qui était pas mal vieux, m'a jeté un regard méfiant. « Je vis ici », l'ai-je assuré. « Dans un petit appartement sur la terrasse. J'ai marché toute la journée. Je suis très fatigué. Pouvez-vous me laisser entrer ? » Ce monsieur a acquiescé et m'a ouvert la porte, puis il s'est effacé pour que je passe d'abord. Quand je me suis trouvé dans le long vestibule pavé, je l'ai remercié encore, chaleureusement. Ce monsieur se dirigeait aussi à gauche, non pas vers les compteurs, qui sont à droite, mais vers la porte opposée. Il s'est montré fort aimable. Il a ouvert la porte de l'ascenseur avec une autre clé et, d'un geste de la main, il m'a demandé si je montais avec lui. J'en ai profité et suis monté. Il faut dire que nous autres, ceux de la terrasse, n'avons pas le droit d'utiliser l'ascenseur. Alors ça oui, c'était une surprise. Le monsieur habitait au troisième étage et de là il ne reste que deux étages pour atteindre ma chambre de bonne.

J'ai grimpé ces étages très lentement, en m'arrêtant quelques secondes à chaque marche, animé par une joie intime qui contenait les battements de mon cœur, très agité avec l'effort. Je sentais qu'il avait grossi et battait de façon excessive. J'ai vaguement pensé que je pouvais m'écrouler foudroyé par une syncope avant d'arriver à ma chambre de bonne avec toilettes.

J'ai gravi le reste des escaliers au ralenti. Très lentement. J'appuyais un pied sur une marche d'en haut et je ne pouvais croire que cet effort de me hisser à la marche suivante allait tant me coûter. Quand je suis parvenu à la terrasse, j'ai respiré plus tranquillement. Si j'avais une syncope ici, cela n'avait plus d'importance. Les gens, les voisins me connaissaient et pourraient avertir la police, et même Osorio, qui était venu quelquefois me chercher. J'ai respiré plus calmement et en atteignant la porte de ma chambre de bonne j'ai découvert qu'elle était là, pendant à la porte, la clé. Ou plutôt le trousseau de clés, avec celle qui ouvre le porche de l'immeuble et celle de la petite porte de ma chambre. J'étais sorti si vite ce matin que j'avais oublié de reprendre ces clés, en les laissant pendues là où elles étaient encore. J'ai eu un instant de bonheur en sentant que cette clé ouvrait la porte et que, à la fin des fins, j'entrais dans ma chambrette.

Elle est toute petite et pleine de livres et de papiers. Mais très propre et en ordre. Je la balaie et l'arrange chaque matin avant d'aller siroter mon café et bavarder avec Osorio. Je fais toujours mon lit et donne à laver les draps toutes les semaines ; pas la couverture, elle seulement tous les quinze jours. Je fais de même avec mes toilettes, la douche, le lavabo et les cabinets, que ce matin aussi j'ai balayés et nettoyés en enlevant partout la poussière, comme je le fais chaque jour, après avoir pris une douche où je me savonne scrupuleusement, surtout le derrière qui, avec les constants vents du jour, est presque toujours sale. Et cette nuit, avec tous les vents que j'ai lâchés dans la journée, il devait être plus sale que d'habitude.

Aussi, dès que je suis entré, j'ai allumé, vu avec satisfaction que ma chambre était propre et en ordre, suis allé aux toilettes très lentement car j'étais encore secoué, j'ai ôté mes chaussures et mon pantalon. C'était une longue opération, car j'étais encore très fatigué et mon cœur battait comme un fou dans ma poitrine.

Quand j'ai découvert que mon slip était plein de caca, j'ai été saisi d'une grande tristesse. J'avais perçu les vents, certes, mais je ne croyais pas avoir eu de la merde. Le slip avait débordé et taché mes jambes. J'étais devenu l'homme-caca, des fesses aux talons. J'ai éprouvé beaucoup de dégoût de moi-même. Mais au lieu de rester là comme un idiot, en me lamentant sur cette petite catastrophe, j'ai retiré mon slip, jeté tout le caca qu'il y avait dans les cabinets et j'ai tiré la chasse. Cela fonctionnait très bien, et une fois le caca disparu et les cabinets à nouveau bien propres, j'ai ouvert le robinet de la douche et fait en sorte d'avoir de l'eau tiède pour me baigner, en me nettoyant les jambes et le derrière avec soin, jusqu'à vérifier, dix fois, que mes jambes autant que mon derrière étaient impeccables. Après quoi, j'ai lavé sous la douche mon slip avec du savon et de la lessive jusqu'à ce qu'il soit propre aussi et l'ai pendu avec deux pinces à linge sur la barre de la douche pour qu'il sèche. Puis je me suis épongé à mon tour, soigneusement, en sentant que je m'endormais, bâillant sans cesse. J'ai regagné ma chambre et j'ai enfilé le pyjama que je range sous l'oreiller de mon lit. J'étais très fatigué mais content de m'être douché et d'avoir décrotté mes jambes de toute cette merde pestilentielle qui les avait souillées pendant des heures et des heures sans que je m'en rende compte.

Je me suis séché la tête avec insistance en passant la serviette sur mes cheveux à maintes reprises, me rappelant une fois de plus mon grand-père, perdu dans la nuit des temps, qui me disait toujours que ce n'était pas bon de dormir la tête mouillée parce que je pouvais devenir fou. Et mon petit vieux portait un doigt à sa tempe et riait, en imitant Napoléon qui, paraît-il, avait perdu la tête à Sainte-Hélène. C'est l'un des rares souvenirs de mon enfance, de cet âge qui s'est effacé de mon esprit, sauf que je me rappelle que je fus heureux tant que je n'ai pas su de quelle horrible manière les dames tombent enceintes et accouchent des enfants. Tant que j'ai cru que ceux-ci étaient commandés à Paris pour être amenés par les cigognes, j'ai été heureux. Mais quand j'ai su la vérité, je crois bien que je n'ai plus jamais été heureux.

Finalement je me suis mis au lit, bien couvert, me suis pelotonné et j'ai éteint la lumière.

Presque au même instant, j'ai ressenti ce qu'on appelle une tachycardie accélérée. Or ce qui m'a effrayé ce n'était pas le cœur, mais la sueur. Il ne faisait pas chaud, plutôt frais, voire froid – on était à la fin de l'automne, l'époque la plus jolie à Madrid – et je ruisselais. Je me suis essuyé le visage avec les mains, puis avec le mouchoir, et finalement même avec le drap ; mais c'était inutile parce que la sueur jaillissait presque immédiatement et me mouillait encore et toujours le front, le cou, et maintenant je sentais qu'elle descendait et me prenait aussi la poitrine, le dos et jusqu'aux jambes. Qu'est-ce que j'avais ? J'ai songé aussitôt à appeler Osorio, mais la pensée qu'il était très tard et que mon ami aimait se coucher de bonne heure m'a découragé. Qu'allais-je lui dire ? Que j'avais de la tachycardie et que j'étais en nage ? Il aurait ri de moi. « J'ai oublié l'adresse de ma maison et je suis resté toute la sainte journée à la chercher, jusqu'à tout récemment. J'ai lavé mon slip qui était plein de merde, je me suis douché, couché et maintenant je fais de la tachycardie et suis baigné de sueur. » Osorio m'aurait répondu en rigolant : « Et tu me réveilles pour cette bêtise ? »

Au lieu de l'appeler je me suis mis en boule ; j'ai essayé d'oublier la sueur, je me suis recroquevillé au point de toucher mes genoux avec mon menton, et j'ai attendu que vienne le sommeil. Mais, au lieu de cela, les battements de mon cœur se sont accélérés. Pour pouvoir respirer je devais garder la bouche ouverte. Dans l'obscurité de la chambre je me suis dit, épouvanté : « Je vais mourir ? » J'y avais pensé très souvent, surtout ces derniers temps, chaque fois que j'avais un malaise. Mais cela était toujours passé, surtout quand je dormais. Maintenant, mon cœur continuait à battre très fort dans ma poitrine comme s'il allait éclater, et je gardais la bouche ouverte pour pouvoir respirer car je sentais l'air me manquer. De plus la poitrine commençait à me faire mal, et puis l'épaule et puis le bras droit. J'appellerais Osorio ? Je le réveillerais ? J'ai imaginé entendre son petit rire moqueur : « Alors on agonise, mon frère ? » Et je me suis retenu.

Maintenant ce n'était plus seulement la poitrine mais aussi l'épaule et le bras gauche, et j'étais trempé de la tête aux pieds. Avec de plus en plus mal à la poitrine, à l'épaule, au cou et même dans le dos. C'était une douleur diffuse, qui touchait les muscles, les os, les veines, les tendons. Et mon cœur battait toujours plus fort dans ma poitrine. Je me sentais plonger dans quelque chose qui n'était pas le rêve, mais l'évanouissement. J'allais perdre conscience ? Maintenant je tremblais de tout mon corps, de la tête à la plante des pieds. J'avais le tournis et m'enfonçais comme dans un tourbillon. Bon, cela valait peut-être mieux. Que la mort me surprenne dans le sommeil était une bonne façon de mourir. Osorio me téléphonerait au matin, selon notre accord, et en n'obtenant pas de réponse il saurait que j'étais mort en dormant et donnerait l'alarme immédiatement, pour qu'on envoie l'ambulance. Les infirmiers constateraient que j'étais déjà mort et emporteraient mon corps au colombarium de Madrid. Aussitôt, ou plutôt après l'inévitable paperasserie, je serais incinéré. Déjà les vers auraient envahi mon cadavre, mais le feu les détruirait. J'avais horriblement mal à la poitrine. Oui, ce n'était pas de simples signes avant-coureurs. C'était la fin. Je n'étais pas effrayé, seulement endolori. Je sentais que je m'enfonçais dans quelque chose de visqueux et de confus, évidemment ce n'était pas un rêve, mais les prémices, l'accueil de la mort. Cela ne m'a pas consolé d'imaginer que dans quelques minutes (secondes ?) je saurais si Dieu existait, si nous avions une âme qui survivait à la disparition de cette énergie corporelle qui faisait battre mon cœur et couler le sang dans mes veines, ou si dans le futur il y aurait seulement silence et oubli, une lente décomposition de l'organisme, jusqu'à ce que les langues du feu consument cette chair sale et moite qui pourrissait déjà quand on l'aurait brûlée.

Madrid, 15 décembre 2020

Du même auteur aux Éditions de L'Herne

Cahier de L'Herne Mario Vargas Llosa, 2003

Un rasta à Berlin, 2009

Un demi-siècle avec Borges, 2010

Le tour du monde en 80 textes (ou presque), 2023

Dans la même collection

Simone de Beauvoir, *Les Inséparables,* 2020
Malentendu à Moscou, 2021

Thomas Bernhard, *L'italien,* 2021

Georges Cattaui, *Les amis de Marcel Proust,* 2022

Colette, *Paris je t'aime,* 2023

Mihail Sebastian, *Femmes,* 2022

Achevé d'imprimer dans l'Union Européenne.
Dépôt légal : mai 2023